Seiiin oder Nichtsein

Liebenswerte Meckereien eines Berliners

Klaus Dreymann

Herstellung und Verlag:

BoD – Books on Demand, Norderstedt

Bibliografische Information der Deutschen Nationalbibliothek:

Die Deutsche Nationalbibliothek verzeichnet diese Publikation in der Deutschen Nationalbibliografie; detaillierte bibliografische Daten sind im Internet über http://dnb.dnb.de abrufbar.

ISBN: 978-3-7357-4007-6

Inhaltsverzeichnis   Seite

Sonntagsfahrer   8

Metamorphosen   14

Menschen gibt's...   27

Warmschillerwälz zu verkaufen   32

Seiiin oder Nichtsein   41

Nischen der Evolution   51

Die Schramme   63

Kreuzfahrten   67

TV   80

Sonntagsfahrer

Die Trainingsstrecke für Sonntagsfahrer (und -fahrerinnen) in Berlin ist die Clayallee.

Warmlaufphase und sonstige Vorbereitungen beginnen aber schon kurz hinter der Autobahnbrücke am S-Bahnhof Hohenzollerndamm.

Man könnte zunächst denken, dass das veränderte Fahrverhalten daran liegt, dass der Hohenzollerndamm an dieser Stelle von vier auf zwei Fahrspuren verengt wird…

Wenn da die Ampeln auf Grün schalten, starten die auf der Überholspur ganz links am langsamsten. Ich ordne mich deshalb an der Kreuzung immer rechts ein, weil die Leute auf dieser Spur zunächst noch normal schnell fahren.

Auf der Autobahnbrücke gibt es am Anfang aber fast immer erstmal ein Gedrängel und Geblinke von Leuten, die sich plötzlich entschieden haben, eine der Autobahnauffahrten nach Tegel oder nach Britz zu nehmen und deshalb die Spur wechseln müssen, oder von Leuten, die gemerkt haben, dass sie sich mit ihrem Auto auf einer der Autobahnauffahrten (nach Tegel oder nach Britz) befinden, obwohl sie dort gar nicht hinwollen.

Abzüglich dieser Auffahrtspuren links und rechts bleiben hinter der Brücke nur noch zwei Fahrspuren übrig, in die sich der verbleibende PKW-Rest nun einfädeln muss, wenn die Insassen nach Zehlendorf oder zumindest nach Schmargendorf wollen.

Man kann von der etwas erhöhten Autobahnbrücke schon ziemlich weit voraus schauen und sehen, ob da irgendwelche Lieferwagen in zweiter Spur den Verkehr behindern. Vorausschauende Verkehrsteilnehmer ordnen sich mit ihren Autos deshalb schon frühzeitig auf der linken Fahrspur ein, damit sie im fließenden Verkehr zügig vorankommen.

Die Besonderheit dieser Fahrspur ist nun allerdings, dass sich an dieser Stelle die in Richtung-Zehlendorf fahrenden Autofahrer/innen vorsichtig einordnen wenn sie zu denjenigen Verkehrsteilnehmern gehören, die nach 7 Kilometern von der Clayallee links in die Berliner Straße abbiegen wollen und auch die Sonntagsfahrer (und -rinnen) – was meiner Meinung nach fahrtechnisch dasselbe ist – reihen sich dort ein.
Man kann ja nicht wissen, was da verkehrstechnisch unterwegs alles passiert, und ordnet sich sicherheitshalber schon mal linksseitig ein.
Dieses Prinzip wird nun 7 Kilometer lang durchgehalten. Man fährt außerdem vorsichtig, weil ja hier und da mal ein Linksabbieger schon lange vor

Zehlendorf vor einem auftauchen könnte. Bei diesen „Geschwindigkeiten" auf der sogenannten Überholspur, kommen die meisten Nichtsonntagsfahrer (und -rinnen) früher oder später (eher früher) auf die Idee, rechts zu überholen, was dann leider zwangsläufig sehr oft zu Konflikten mit den Lieferwagen in zweiter Spur kommt.

Dieses Gerangel und Hin-und-her-Geblinke und -Gefahre spielt sich bis zum Roseneck ab, und dort beginnt dann gleich die Clayallee.

Pünktlich von der ersten Kurve an schalten alle auf gefühlte Schrittgeschwindigkeit herunter (auf beiden Fahrspuren!), obwohl da immer noch 50 Km/h erlaubt sind.

Da kann man nichts machen.

Rechts hinter der Kurve ist die Stelle, wo viele gebrauchte PKWs zum Verkauf angeboten werden, obwohl das inzwischen schon vom Bezirksamt verboten wurde – die Gefahr vom Schritttempo zu einer Vollbremsung zu kommen, weil da rechts ein großes Verkaufsschild mit einem sensationellen Preis gelockt hat, ist einfach zu groß.

Es geht weiter wie mit der Bimmelbahn bis zu der kurzen Tempo 30-Zone kurz vor McDonalds und der Schule, und – man glaubt es nicht – die Schrittfahrer können mit ihrem „Tempo" noch ein

Stück langsamer. Dieses Prinzip wird auch am Wochenende beibehalten, obwohl die Geschwindigkeitsbeschränkung nur von Montag bis Freitag vorgeschrieben ist.

Ich habe es einmal geschafft, kurz vor Ende der 30er-Zone mit Vollgas und quietschenden Reifen durch die Lücke zweier Sonntagstrainingsfahrer hindurch freie Bahn vor mir zu haben, aber nach zehn Metern kam die Kreuzung Hüttenweg und die Ampel stand natürlich auf rot!

Dieser ganze Straßenverkehrswitz spielt sich übrigens nicht nur auf der Clayallee ab, sondern er setzt sich in den Nebenstraßen genauso fort. Oskar-Helene-Heim – endlich kann ich abbiegen in die Argentinische Allee – Pustekuchen! Langsamkeit links und rechts ist Trumpf.

Ich bin während meiner Studienzeit ein paar Jahre in Berlin Taxi gefahren und kenne mich deshalb bestimmt zumindest im Straßengebiet des ehemaligen West-Berlins sehr gut aus. Die Clayallee gibt es auf jeden Fall nur einmal, und das mit dem gesamten hier geschilderten „Verkehrsvorkommen"!

Woran könnte das liegen, dass ausgerechnet die Zehlendorfer Autofahrer (und -rinnen) sich so verhalten?
Versuchen sie damit von irgendwas abzulenken?

Versucht Zehlendorf sein Dorfimage von vor 400 Jahren aufrecht zu erhalten? Sie machen zumindest nicht nur mit ihren Fahrfähigkeiten, sondern auch mit ihren Straßennamen auf armselig:

Hüttenweg, Fischerhüttenstraße, Onkel-Tom-Straße, Krumme Lanke, Onkel-Toms-Hütte...

Und die Clayallee ist ja benannt nach dem General Lucius D. Clay von der Luftbrücke...

Ist das immer noch der Untertanengeist gegenüber den Alliierten – speziell den Amerikanern, wie man sie in West-Berlin während der Nachkriegszeit pflegte?

Oder rufen Straßennamen wie Hüttenweg, Fischerhüttenstraße, Onkel-Toms-Hütte usw. unterschwellige Ängste hervor, dass da in vielen Hütten Gefahr lauern könnte, weil diese Namen eigentlich Warnungen sind? Wird einem da in den „Hütten" aufgelauert? Aber dann müsste man doch erst recht in Windeseile mit seinem PKW verbeihuschen! Und vor allem auf der gegenüberliegenden Straßenseite, auf der man raus aus Zehlendorf fährt, müsste das allgemeine Tempo doch deutlich höher sein. Pustekuchen! Ich habe es ausprobiert: Das Tempo ist dort genauso schleppend, wie auf der diesseitigen Route!

Ich weiß es nicht.

Ich weiß nur – wenn Sie mal spaßeshalber das Gefühl haben wollen, zwischen zahlreichen Fahrschulanfängern der ersten Stunde herumzufahren – nur so aus Daffke, und wenn Sie wirklich gerade die Gelassenheit in Person sind, dann fahren Sie ruhig mal über den Hohenzollerndamm und die Clayallee in Richtung Zehlendorf. Egal an welchem Wochentag!

Ach, noch was:
Wenn Sie mal ganz genau wissen möchten, was das für ein Fahrgefühl gewesen ist, wenn man damals mit dem Auto über die Transitstrecke z.B. nach Helmstedt gefahren ist, dann fahren Sie einfach mal durch den Tunnel unter dem Innsbrucker Platz hindurch! Da rumpeln die Reifen so, als sei gerade bei einem die Luft komplett entwichen. Man glaubt es nicht! Und das ist schon seit Jahrzehnten unverändert so! Soll das Tiefbauamt doch wenigstens endlich mal ein Schild vor dem Tunnel anbringen: „Transitstrecken-Erinnerungs-Museum" oder so...

Metamorphosen

Während ich diese Zeilen schreibe, sehe ich über meinem Schreibtisch das Foto von meiner Einschulung – ich in kurzen Hosen sitzend, Hosenträger mit Hirsch in der Mitte und Zuckertüte quer in den Armen und ich finde, dass ein Vergleich meines damaligen Gesichts mit dem biometrischen Passbild, welches ich neulich zur Erneuerung meines Personalausweises anfertigen ließ, Gefühle von einer durchlebten Metamorphose hervorruft.

Die Entwicklung in einer vollständigen Metamorphose geht normalerweise vom Ei über die Larve und die Puppe zur Imago - dem fertigen Lebewesen.

Das Interessante an diesen Verwandlungen sind für mich die doch manchmal sehr unterschiedlichen Aussehensweisen und die sehr unterschiedlichen Lebensräume der verschiedenen Entwicklungsstufen.

Als Kinder haben wir damals mit staunenden Gesichtern unsere ersten Erfahrungen mit Metamorphosen gemacht, indem wir Kaulquappen gefangen und ihre Umwandlung zum fertigen Frosch teils an der Aquariumscheibe (oder vor Omas großem Gurkenglas) begleitet haben.

Wenn die Kaulquappen Glück gehabt haben, weil wir öfter mal gefüttert und Wasserwechsel gemacht haben, dann haben sie nach einer gewissen Zeit Vorderbeinchen und später Hinterbeinchen bekommen und konnten damit auf schwimmende Holzstückchen oder an Land krabbeln. Erst dann sahen sie auch wie ein Frosch aus - wie ein kleiner, der auch noch wächst, anders als bei den Insekten, bei denen oft verschiedene Wachstumsstufen zum ausgewachsenen Insekt führen, das dann aber nicht mehr weiter wächst.

Bei den höheren Wirbeltieren bis hin zu den Primaten sind diese Entwicklungsstufen oft nicht mehr zu sehen, weil sie sich vor der Geburt abspielen. Das befruchtete Ei - die Zygote - teilt sich mehrfach, um sich dann in der Gebärmutterschleimhaut einzunisten, wo sich dieser Zellhaufen über ein Embryonalstadium zum Fetus herausbildet und schließlich geboren wird.
Je nach Entwicklungsstufe der Art ist das Neugeborene schließlich praktisch "fertig".

Beispiel: Neugeborenes Gnu, das nur wenige Minuten Zeit zur Verfügung hat, um dann schnell der Mutter/Herde auf der Flucht folgen zu können - oder es wird achtzehn Jahre lang großgezogen, bis es endlich denkt fertig zu sein, Beispiel: Mensch.

Ich weiß ja nicht, ob eine Libelle irgendwelche Erinnerungen an ihr räuberisches Leben unter Wasser während ihres früheren Daseins hat. Vermutlich ist Erinnerung in ihrem Fall als ein Beiwerk des Gesamtorganismus' und seiner überlebensnotwendigen Funktionalitäten eher störend und daher während der Libellenevolution herausselektiert worden.

Ich habe ein inneres Bild von mir, das mit dem realen Aussehen wenig zu tun hat, obwohl ich natürlich weiß, dass ich wirklich ich selbst auf allen Fotos von mir aus allen Jahrzehnten bin.

Mein Freund Olaf, der nur drei Jahre älter ist als ich, hat sich in meiner Erinnerung äußerlich praktisch nicht verändert - über vier Jahrzehnte nicht! - gut, kleine Falten hier, vielleicht hellere Haare dort, mal Oberlippenbärtchen, mal nicht, aber das Gesicht ist im Wesentlichen gleich geblieben.
Wie ist das möglich?

Bei Klassentreffen fällt mir das auch immer wieder auf - es sind immer ein paar Schüler oder Schülerinnen darunter, die ich sofort wiedererkenne, auch nach dreißig Jahren noch. Sie haben praktisch keine sichtbare Metamorphose durchgemacht, bis auf marginale Altersmerkmale.
Dann gibt es aber auch andere, von denen ich erstmal zu Unrecht annehme, dass sie mitgebrachte Ehepartner und nicht Ehemalige sind.

Das Gesicht hatte und hat für mich immer noch den größten Wiedererkennungswert von allen Merkmalen. Gesichter eines Menschen waren bisher immer das erste Merkmal einer Individualität. Folgerichtig habe ich die wenigen eineiigen Zwillinge, die ich im Leben unterrichtet habe, eigentlich nie unterscheiden können, da halfen auch keine unterschiedliche Kleidung oder verschiedene Frisuren (Rachel und Rebecca, bitte verzeiht mir!).

Wieso gibt es dann Gesichter, die sich im Laufe eines Lebens stärker verändern als andere und trifft es zu, dass man in Gesichtern Vorkommnisse und Abläufe des Lebens seiner Inhaber teilweise ablesen kann?

Die höher entwickelten Lebewesen des Stammes der Wirbeltiere - hauptsächlich die Primaten, so sagt man, sind imstand Gesichter mitsamt ihrer Mimik wiederzuerkennen und zu deuten. Je mehr individuelle Merkmale in den Gesichtern vorhanden sind, desto geringer wird die Wahrscheinlichkeit einer Verwechslung, eines Nichtwiedererkennens. Das spielte eine wichtige Rolle in höheren sozialen Gruppierungen wie den Menschen.

In anderen Gruppen funktionieren andere Mechanismen der Wiedererkennung, z.B. über verschiedene Düfte oder Verhaltensweisen. Die "Gesichter" von Heuschrecken oder Bienen sind praktisch identisch und ihre Facettenaugen sehen auch nach einem anderen Prinzip.

Inzwischen bemerke ich aber - etwas irritiert - die Tendenz der Aufhebung individueller Merkmale bei Menschen, ja die Aufhebung individueller Merkmale generell.

Merkmale in Gesichtern waren z.B. immer auch die Anordnung der Zähne, wobei ich keine unästhetischen Schiefstände o.ä. meine, sondern nur kleine Nuancen einer Abweichung eines Zahns in seiner Reihe. Dieses wird inzwischen - ich weiß auch nicht, wann und wieso das mal in Mode gekommen ist - mit einer Spange im jugendlichen Alter gerade gerückt.
Das heißt für mich inzwischen - wenn ein Jugendlicher den Mund aufmacht und seine Zähne zu sehen sind, dann sieht das fast immer so aus wie bei allen anderen auch.

Ich habe den begründeten Verdacht, dass das Maßnahmen der „overprotection" bei der Brutpflege des Menschen sind: Alles von Anfang an gründlich und sicher einzurichten, damit die Überlebenswahrscheinlichkeit der Kinder zunimmt. Fatalerweise hat sich diese Maßnahme ja inzwischen höchstwahrscheinlich als fehlgeleitet herausgestellt:
Nach der Reinlichkeitshypothese kann der Körper mangels Kontakt zu diversen Erregern kein funkti-

onierendes Immunsystem aufbauen, und beschert den Kindern dadurch die Disposition zum Allergienerwerb und schlimmeren Krankheiten.

In den siebenunddreißig Jahren meines Lehrerdaseins wurde ich immer wieder mal gefragt, ob sich die Jugend verändert habe. Eine bestimmte Veränderung gegenüber früheren Schülergenerationen kann ich auf jeden Fall feststellen: Bei Anmeldungen zu Klassenreisen o.ä. habe ich zunehmend eine hohe Anzahl von Allergien und nötigen Sonderbehandlungen in meine Klassenlisten eintragen müssen. Alleine schon wenn ich daran denke, wer von ihnen bestimmte Nahrungsmittel oder Bestandteile von Nahrungsmitteln auf keinen Fall zu sich nehmen durfte!
Da ist das obligatorische Tragen einer Zahnspange als Gleichmacherei mit dem Vorwand der Gesundheitsvorsorge für mich nur die Spitze des Eisbergs.
Der Rest des Gesichts durchläuft mittlerweile eine ähnliche Prozedur. Dazu werden nun keine Spangen benutzt, sondern diverse Kosmetika und Schmuckaccessoires (Zubehörteile), die das Gesicht entsprechend nach dem Vorbild eines prominenten Gesichts verändern sollen.

Ich weiß natürlich noch, dass auch ich damals der Mode entsprechende Veränderungen an mir vorgenommen habe:

Ich glaube, ich habe später nie mehr so besessen in den Spiegel gestarrt, linke Handfläche über den Haaren zwischen linkem Ohr und linkem Auge, rechte Hand geknickt mit Kamm von rechts über den Kopf, Kamm durch die Haare links unter der Handfläche durch bis nach hinten, Kamm zur Stirn - Welle - dann Kamm an der rechten Kopfseite (natürlich unter der Fläche der linken Hand, die jetzt von oben kam) bis nach hinten und dann der Strich hinten Mitte nach unten: die Ente.

Das veränderte uns gemäß der Rock'n'Roll-Welt, wie sich das gehörte. Die Gesichter veränderte das aber nicht.

Ich will auch nicht über die Veränderungen der Gesichter von heute schimpfen, wie das unsere Eltern damals wegen unserer Frisuren und unseres Verhaltens gemacht haben, wie das Elterngenerationen immer schon seit den "alten" Griechen getan haben. Ich bin nur irritiert und enttäuscht über die Gleichmacherei, die Einebnungen, das Plattmachen der Individualität - ich finde nun mal eine Wiese interessanter als einen Rasen!

Aus meiner Welt heraus betrachtet sieht es inzwischen vielfach so aus, als sei das Tragen eines eigenen Gesichts nicht mehr zeitgemäß.

Neulich habe ich auf dem Titelbild einer Fernsehzeitung die Portraits dreier Sportlerinnen abgebildet gesehen, dreier Sportlerinnen, die nicht miteinander verwandt sind und die auch drei völlig unterschiedliche Sportarten betreiben - die Maskenbildnerin, oder später der mit dem Fotoshop, hat sie für die Fotos so hergerichtet, dass sie ziemlich identisch aussahen. Sie hatten alle irgendwie kein Gesicht, also sagen wir mal: da waren drei Masken zu sehen, die einer Serie entstammten. Wie das "Gesicht" eines bekannten It-Girls! Nichtssagende Gesichter. Passantinnen sozusagen, an die sich keiner nach dem Vorübergehen mehr erinnern würde...

Ich weiß nicht, ob so eine Gleichmacherei nicht irgendwann negative Auswirkungen haben könnte - also allgemein, unabhängig von meinem individuellen Geschmack.
In der Automobilbranche sehe ich ja schon seit längerem Tendenzen in dieser Richtung.
Damals konnte man schon von weitem erkennen, welches Auto sich näherte. Man erkannte an seiner ganz persönlichen Karosserie einen Opel Kapitän oder einen Ford "Badewanne" oder selbstverständlich einen VW "Käfer".

Das hat sich inzwischen geändert und ich kann mir schon vorstellen, warum die Umsätze bei einigen unser (ehemals) berühmten Autofirmen zurückgehen: die Wagen sind im täglichen Straßenverkehr nicht mehr voneinander zu unterscheiden. Gleichmacherei allerorten - erzählen Sie mir jetzt nichts von strömungsgünstigen Karosserieformen im Windkanal! Es gibt drei/vier deutsche Automobilfirmen, die haben sich Individualität bewahrt und klagen nicht über Umsatzeinbußen und Entlassungen!

Die Kultusministerkonferenz, eine Institution, die die Verantwortung dafür hat, dass wir für unsere Kinder das gesamte kulturelle Erbgut der Menschheit bewahren, hat durch die Rechtschreibreform leider auch die Gleichmacherei vorangetrieben.

Ich dachte bisher immer, dass die Sprache einer jeden Bevölkerung eine oder mehrere Wurzeln ihrer Entstehung habe, die man anhand ihrer Wörter und Worte herleiten und verstehen könne. Inzwischen gibt es aber leider Wörter, bei denen es egal ist, wie man sie schreibt!

Man könnte heutzutage meinen, dass ein Albtraum etwas mit den Alpen zu tun habe und was der Namensgeber des Restaurants Weidmannslust für einen Beruf gehabt haben mag, ist inzwischen vom Wortstamm her nicht mehr herzuleiten (als Waidmann wird eine Person bezeichnet, die auf die Jagd geht).

Ich bin wahrscheinlich inzwischen ein Exot - um nicht schlimmere Bezeichnungen zu verwenden - wenn ich den allgemeinen (!) Sprachgebrauch mittels der nun auch schon nicht mehr neuen Medien kritisch betrachte: Die Verwendung der Schriftsprache wird geprägt durch ihren Einsatz in SMS, im Chat, per Email oder in Internet-Foren. Da kommt es wohl mehr auf die Geschwindigkeit der Übermittlung an, auf Kosten der Sprachgenauigkeit.

Das Erste, das bestimmt zukünftig nur noch selten zu sehen sein wird, ist die Großschreibung von Wörtern, die groß geschrieben werden sollten. Das gelegentliche Drücken der Umschalttaste während des Schreibens ist eine unnötige Mehrbelastung geworden, vergleichbar mit dem Wurmfortsatz am Blinddarm. Die Sprache hat sich inzwischen in eine an die veränderte Umwelt angepasste Richtung entwickelt.

Ich, als Sprachsaurier sozusagen, habe inzwischen oft genug in Foren zu "hören" bekommen, dass es auf den Inhalt einer Aussage ankäme, nicht auf deren Schreibweise.

Ich bin andererseits hoffnungsfroh, dass durch dieses Über-einen-Kamm-Scheren unserer Sprache wenigstens das sogenannte Idioten-Apostroph in „Gaby's Imbiss" endlich mal für immer verschwinden wird.

Da die Kommunikation im Gegensatz zu früher viel seltener von Angesicht zu Angesicht passiert, muss die dabei fehlende Mimik und Gestik durch Schrift simuliert werden, und das wird auch zunehmend versucht - durch Smilies und etwas, das der Comic-Sprache unserer Micky-Maus- und Donald-Duck-Hefte seinerzeit ähnelt.

Wenn ich mal Großbuchstaben in einem Forum verwende, muss ich mir inzwischen schon mal anhören "Warum schreist du mich an?", wobei das W von Warum natürlich NICHT groß geschrieben wird!

Bisher bin ich immer davon ausgegangen, dass die Anwendung einer reichhaltigen Variationsmenge von Wörtern und Worten etwas mit dem Niveau des Inhalts zu tun hat. Daraus würde resultieren, dass die heutigen Mitteilung zunehmend flach und inhaltsleer sein müssten, aber diese Haltung geht mir schon wieder viel zu sehr in die Richtung "die Jugend von heute!" meiner eigenen Eltern- und Lehrergeneration.
Ich habe schon öfter Schülergruppen beim chatten beobachtet:
Sie sitzen in unseren PC-Räumen nebeneinander an verschiedenen Computern. Wenn sie sich durch eine Drehung um 90° einander zuwenden würden, könnten sie diese Unterhaltung auch, wie vor der Erfindung der PCs, über Sprache führen. Aber das ist eben nicht dasselbe! Mittels Computersprache sagen sie sich Dinge, die sie sich von Angesicht zu Angesicht vermutlich nicht trauen würden. Es ist nicht zu übersehen, dass ihnen diese Kommunikation Spaß macht!

Die unaufhaltsame Metamorphose der Sprache wird wohl dazu führen, dass die Gleichmacherei die meisten Spitzen begradigt, um die Kommunikation schneller und einfacher zu machen. Die Sprachbenutzer der Zukunft werden versuchen, die Phonetik in irgendwelche Buchstabenfolgen (kleingeschrieben) zu pressen, die in etwa mit der Aussprache Ähnlichkeit haben dürften.
Beim Betrachten der gegenwärtig immer beliebter werdenden Casting-Shows kann man leider den Eindruck gewinnen, dass es inzwischen zur Beschreibung von Befindlichkeit, Zustimmung oder Ablehnung, alternativ zu unseren zahlreichen Adjektiven und Adverbien, nur noch vier Möglichkeiten gibt: *geil, mega, krass und OhmeinGott*.

Der Beginn eines Satzes eines Schülers fällt mir inzwischen immer sofort ein, er schrieb: wommwamma .... gemeint war damit "Wollen wir mal".

Ich betrachte die Gleichmacherei inzwischen mit Gelassenheit als unaufhaltsame Strömung und nehme für mich das Privileg in Anspruch, als Fossil der Evolution des Homo sapiens diese Tendenz zur Kenntnis zu nehmen, an den Auswirkungen der Langweiligkeit aber nicht teilnehmen zu müssen.

Wenn ich mir jetzt mein Einschulungsfoto erneut betrachte, dann bin ich doch zufrieden, dass ich keine Libelle und kein Frosch bin (die sich ja vermutlich an ihre Metamorphosen nicht erinnern können) und mich an meine alten Zeiten zumindest mehr oder weniger gut erinnere..

P.S. (An die Arbeiter in Rüsselsheim)
Neulich habe ich übrigens wieder mal einen Opel Rekord gesehen und der war inmitten der großen Blechmasse sofort zu erkennen - schon von weitem, auch heute noch!

Menschen gibt's...

Irgendwie hat wohl das Zusammenspiel zwischen meinen Genen und meiner Erziehung dazu geführt, dass ich einen stark ausgeprägten Gerechtigkeitssinn habe.

Ich ärgere mich deshalb öfter mal über Leute, die ihrem Egoismus freien Lauf lassen, die mit ihrem Ellenbogen alle anderen frech beiseite drängeln und ihr Ding machen. Leute, die auf der linken Fahrspur fahren, aber die Langsamsten sind, oder Vordrängler und all sowas. Da helfen dann nur noch bestimmte Bewältigungsstrategien - je nach Fähigkeiten und ob man es sich leisten kann: verdrängen, ignorieren, eins auf die Fresse geben, das schnellere Auto haben usw...

Es gibt aber auch - mindestens genauso oft - Menschen, die sich nicht minder egoistisch verhalten, dieses aber keinesfalls mit egoistischer Absicht tun. Sie wissen wahrscheinlich gar nicht, was sie da tun. Sie sind zu naiv oder blauäugig um darauf zu kommen, dass sie mit ihrem Verhalten andere Menschen über das zulässige Maß hinaus belästigen.

Neulich - das war an einem Samstag - war ich wieder mal bei meinem Biofleischer oben in der

Westfälischen kurz vor dem Ku-Damm, um mir ein paar seiner legendären, preisgekrönten Bratwürste zu holen (Samstags muss man sich immer etwas beeilen, da macht der Laden schon um 13 Uhr 30 zu....)

Da geriet ich in eine Situation, die so absurd war, dass ich sie eigentlich gar nicht aufschreiben sollte, weil sie jeder garantiert für ausgedacht halten wird - (sowas gibt's im wirklichen Leben gar nicht!)

Kurz vor Ladenschluss ist es dort meistens brechend voll und die Leute stehen in Dreierreihen vor dem Tresen, an dem sie von mehreren Fleischfachverkäuferinnen oder dem Fleischer selbst zügig bedient werden. Ich konnte mich ans Ende einer Reihe dicht bei der Eingangstür drängen.
Die Kauf- und Verkaufsroutine lief nach dem üblichen schnellen und freundlichen Muster ab. So, wie ich das, seit ich den Laden entdeckt hatte, gewohnt war.
Aber dann lief die ganze Geschichte aus dem Ruder.

In der mittleren Reihe - rechts von mir, weiter vorn - stand ein Pärchen - vermutlich in den Dreißigern oder etwas jünger - die nun dran waren und vom Fleischer mit einem "Bitte sehr?" begrüßt wurden. Die beiden waren mir schon vorher aufgefallen, weil sie andauernd an irgendeinem nicht zu erkennenden Gegenstand herumfummelten und dabei flüsternd diskutierten.

"Haben Sie Kalbslende?"
Der Fleischer blickte sich um
"Nein, ist heute leider nicht mitgekommen."
"Hm......" beide blickten wieder nach unten.

Mit dieser Antwort des Fleischers hatten sie wohl nicht gerechnet und fingen wieder an zu flüstern. Da sah ich es, sie hatten ein Kochbuch dabei, bei dem oben mehrere Lesezeichen in den Seiten steckten.
"Rinderlende könnte ich Ihnen anbieten"
versuchte der Fleischer einzulenken.
Das Pärchen tuschelte und blätterte.
"Na gut, dann hätten wir gerne davon hundert Gramm."
Der Fleischer schnitt etwas ab und begann das Stück Fleisch zu verpacken.
"Das kann man doch kurz braten, nicht?"
"Nein, dafür eignet sich die Rinderlende eher nicht!"
"Ach so, hm...."
Während der Fleischer nun unschlüssig mit der fast verpackten, schon eingerollten Rinderlende an der Waage stand kam von dem Pärchen ein leises, aber bestimmendes
"Moooment, bitte...."

und sie blätterten weiter in ihrem Kochbuch, wodurch das eine oder andere Lesezeichen herausrutschte und auf den Fußboden des Ladens fiel...

Inzwischen warfen sich mehrere Kunden in den vielsagende Blicke zu oder starrten genervt an die Decke.

Nach endlosen, trägen Sekunden hatten die Zwei sich wohl auf ein anderes Rezept geeinigt, zumindest fragte der junge Mann den (nach wie vor sehr freundlichen und höflichen Fleischer)
"Haben Sie Lammlachser?"
woraufhin sie wieder tuschelte und energisch in das Kochbuch zeigte
"Ach so, Moment..."
und er blätterte ein paar Seiten weiter.

Als Berliner weiß ich ganz genau, dass es bestimmte Gegenden in unserer Stadt gibt, in denen ich in diesem Moment keine Garantie mehr für die Unversehrtheit dieses Pärchens gegeben hätte!
Zumindest verbal wäre es wahrscheinlich in den meisten Fleischerläden mit sowas wie "Eijh Atze! Biste noch janz dicht?!!!" losgegangen.

Aber Wilmersdorf ist da doch etwas anders und die Leute, die Stammkunden bei meinem Bio-Fleischer sind, machen in einer solchen Situation erstmal einen gelassenen Eindruck. Es herrschte aber bei jedem Seitenumblättern ein eisiges Schweigen von der Eingangstür bis zum Tresen.

Ich weiß nicht, wie die Geschichte dann letztendlich weitergegangen ist, weil ich in meiner Schlange nämlich inzwischen bis nach vorn vorgerückt war, meine Bratwürste in Nullkommanichts bekam und den Laden verließ.

Im Nachhinein kommt mir die ganze Geschichte auch so aberwitzig vor, dass ich mir nicht mehr sicher bin, ob ich das überhaupt aufschreiben sollte. Das glaubt mir sowieso keiner!

Warmschillerwälz zu verkaufen!

"*Der See im Glas*" - so hieß mal ein Aquariumbuch von Wolf Durian in den Fünfziger Jahren - das wichtigste und schönste Aquarienbuch, das ich je gelesen habe.
Dieses Buch stand in seiner Erzähltechnik und der damit verbundenen Begeisterung, die es bei mir hervorrief, den Abenteuerbüchern "*Die Schatzinsel*" und "*Der letzte der Mohikaner*" in nichts nach! Wenn ich mal wieder ein oder zwei Kapitel verschlungen hatte, musste ich unbedingt danach in eine Aquarienhandlung gehen und mit großen Augen die bunten hin- und herschwimmenden Fische betrachten und ob darunter vielleicht einer der Fische war, über den ich gerade eine spannende Geschichte gelesen hatte.
Die Zoohändler der damaligen Zeit kannten das alle, dass mit dem Klingeln des Türglöckchens ein paar Jungen hereinkamen mit dem Satz "Wir wollen nur mal kucken".

Ich rieche heute noch den Geruch der Vogelhirse, wenn ich an das Dunkel der vielen kleinen Welten unter ihren Neonlampen denke...

Heutzutage, viele Jahrzehnte später, finde ich hier in der Großstadt Berlin nur noch sehr selten solche kleinen Aquaristik-Läden, inzwischen gibt es die großen Futterhäuser mit Aquaristik-Abteilung.

Wenn die dann kompetentes Personal haben, ist meine Welt auch in Ordnung.

Größtenteils zumindest.

Klar, diese Läden halten sich nur durch streng marktorientierte Verwaltung erfolgreich am Kleintiermarkt, oder wie das heutzutage heißt. Der Verkäufer in meinem Lieblingsmarkt ist aber zumindest ein kompetenter Mann, auch und gerade was die Aquaristik betrifft, er ist selber passionierter Aquarianer.
Die Bewohner in den langen Reihen der Aquarienregale richten sich überwiegend nach dem jeweiligen Trend - sprich, das Angebot ist dazu da, um die Nachfrage zu decken. Aber es ist immer wieder mal Platz für irgendeine Rarität die dann darauf wartet, dass ein Spezialist für Besonderheiten sich ihrer annimmt.

Wenn man an den Becken entlanggeht, erkennt man schnell, welche Fische stark im Trend liegen, und welche weniger. Farbe, Form, Größe und vielleicht noch Verhalten wecken - wie früher - das Interesse der potenziellen Käufer.

Ich befürchte aber, dass sich die Kundschaft im Vergleich zu früher geändert hat.
Wir konnten als Kinder damals natürlich kein Latein, haben aber sehr wohl registriert, dass jede Fischart einen zweiteiligen lateinischen Namen

hatte - den wissenschaftlichen Namen. Und da wir neugierig waren, wollten wir möglichst viel über unsere Lieblingsfische wissen und natürlich auch, wie man sie richtig hält. Da halfen die Namen schon ganz gut beim Nachstöbern in Aquarienbüchern.

Ich weiß noch, dass ich ganz stolz war, als ich endlich *Xiphophorus helleri* und *Pterophyllum scalare* aussprechen konnte und auch wusste, welche Fische das (auf Deutsch) waren.

Selbstverständlich kauften wir im Laden aber ein „Schwertträger-Männchen"; das mit den lateinischen Namen hat keiner gemacht. Jeder wusste, was gemeint war. Bei Bedarf wurde zur genaueren Bestimmung eben „rotes Schwertträger-Männchen" gesagt. Von bestimmten Gattungen wurden damals nur eine Art importiert und verkauft, und man kaufte dann Panzerwelse oder Kampffische. Panzerwelse waren *Corydoras paleatus* und Kampffische waren *Betta splendens*. Dass es von diesen Gattungen noch sehr viele verschiedene Arten und Unterarten gab, kam erst Jahre später heraus.

Nun befinden wir uns ja schon länger im Computerzeitalter und ich schaue heutzutage öfter mal online bei Kleinanzeigen/Fische rein, weil es da hin und wieder ein Schnäppchen oder eine sonst schwer zu findende Art von privaten Züchtern gibt. Wenn man dann zwangsläufig die ganzen Reihen der Annoncen durchblättert, stehen mir aber manchmal die Haare zu Berge: (Original-Schreibweisen hier kursiv wiedergegeben!)

Einer bot „Panzerwelse" an und ich schrieb zurück "*welche Art denn?*"
Ich hoffte natürlich, dass er mir mitteilt, ober er Corydoras paleatus oder Corydoras trilineatus oder Corydoras sterbai oder Corydoras barbatus oder Corydoras gossei verkaufen möchte.
Antwort:
"*Na Panzerwelse eben, können Sie nicht lesen?!*"
Dann gingen noch zwei/drei Mails hin und her, in denen er mir klarmachen wollte, dass ich keine Ahnung habe!
Gut, man könnte ja die Masse der Angebote einfach überfliegen, bis man dann die eine oder andere entdeckt hat, die einen interessiert, aber ich kann einfach nicht verdrängen, wenn sich mir der Magen umdreht!
Was dann da manchmal angeboten wird: *Ein Warmschillerwälz* (Original "Wabenschilderwels"), *Bundbarsche* (Der Name kommt von „Bunt"), *Scheibenknutscher,* Schwarmfische aus Einzelhaltung, Wels-Hybriden und Mopsköpfe (Fehlbildung des Schädels).
Auf vielen Fotos ist so gut wie nichts zu erkennen (außer der verdreckten Frontscheibe ihres Aquariums), oder sie klauen Bilder aus dem Internet.

Die Anwendung der Namen stützt sich vielfach nur noch auf phonetische Grundlagen. Beispiel für Aquarienzubehör:
„*Ich verkaufe diese aksesuar...*"
Die korrekte Rechtschreibung gehört eben inzwischen auch zu den bedrohten Spezies:
„*Ich biete hirmit mein 2224ausenfilter an ist dicht hatte ihn foher an ein meter becken dran der pauert für 700lieter.*"
Oder das hier:
„*Verkauf lustie klein Silberfischchen die mein Freund geschenkt gekrigt hatt. Passen irgentwie nicht von die Farbe zu unseren übrige besatz. Ca. 100 stuck forhanden. Preiß pro stuck 5€.*"

Außerdem habe ich das Gefühl, dass manche Leute versuchen, mit jedem Mist Geld zu verdienen („*1 Tasse Entengrütze für 1,- €*").
(Entengrütze ist sozusagen das Unkraut in den Aquarien. Es ist nicht einfach, dieses wieder loszuwerden, wenn man es sich einmal „eingefangen" hat!)
Und immer wieder „*Gubbies*" (statt Guppys) und „*Neongubbies*" (was das sein soll weiß ich immer noch nicht).

Manche Annoncen verstehe ich nicht:
„*Ich suche mollys zu verschenken Egal welche Hauptsache mollys.*"
Oder die hier:

"Aquarium mit 16 Fische 60 L Aquarium mit alles drum und drann Ink. 16 Fische + Ein große untertisch."
Oder was ist hiermit gemeint?: "
Zwei große barsche pärchen nur zusamen 25cm große."

Man bekommt inzwischen im Normalfall keine genauen Auskünfte mehr über die Fischarten, die da angeboten werden. Buntbarsche sind da eben Barsche, evtl. noch „*solche mit blauen Streifen*", mehr ist nicht bekannt. Hunderte verschiedene Welsarten heißen „Scheibenknutscher" und es ist den Fischhaltern bestimmt auch egal, was sie da nun für eine Art haben.

Mein Gesamteindruck ist inzwischen der, dass viele Aquarianer einfach nur Fischhalter sind, und nach was-weiß-ich für Kriterien beim Fischkauf gehen. Liebe zum Tier unterstelle ich da erstmal vorsichtshalber nicht. Sie kaufen die Fische aus Prestigegründen, oder weil sie einen lebenden Fernseher haben wollen.

Die deutschen Bezeichnungen der Fische werden wohl auch im Hinblick auf das Ködern der Kunden gewählt: Haiwels, Torpedobarbe...

Dann gibt es ein paar Mutationen, die den Fischen das normale Verhalten deutlich erschweren, die aber für bestimmte Fischhalter vermutlich spektakulär aussehen: extreme Flossenverlängerungen („Schleier") beispielsweise - das geht schon in Richtung Qualzuchten.

Und wenn es irgendwie zu machen ist, „verwandelt" man ganz normale Fische aus verkaufstaktischen Gründen in besondere Fische:
„*Pterophyllum spec. Peru blau*" aus Peru heißt beim Händler „*Peru Altum*", obwohl diese Art mit Pterophyllum altum gar nichts zu tun hat. Aber - die Kunden wissen das ja nicht und zahlen dann gerne etwas mehr als für einen „schnöden" Skalar.

Meine Panzerwelse „*Corydoras aeneus black*" habe ich stark überteuert kaufen müssen, weil schon der Großhändler meines Händlers sie falsch in seiner Stockliste angeboten hatte, nämlich als die Art „*Corydoras venezuelanus black*", die eigentlich gar nicht oder höchst selten importiert wird. Ich glaube nicht, dass das ein Versehen oder ein Druckfehler in der Stockliste gewesen ist! Der Markt gestattet offenbar heutzutage zunehmend Unwahrheiten zugunsten des Profits.

Die größten Unwissenheiten übrigens, bekomme ich immer wieder über die Bedeutung der Filterung eines Aquariums mit. Da schleicht sich automatisch das Wort „Saubermachen" ein. Das Aquarium hat gefälligst sauber und ordentlich auszusehen! Auch der Filter und das darin enthaltene Fil-

termaterial muss dabei natürlich gründlich gereinigt werden.
In Wirklichkeit ist es aber so, dass sich in länger unberührten und auf keinen Fall gesäuberten Filtermedien diejenigen Bakterien ansiedeln, die für die Umwandlung des giftigen Nitrits aus den Ausscheidungen der Fische in ungiftiges Nitrat unbedingt benötigt werden.
Es ist den meisten Fischhaltern (nach meinen Erfahrungen) gar nicht bekannt, dass es beim Thema Filterung um ganz andere Dinge als um Reinigung des Aquariums geht, und dass ein „schmutziges" Aquarium eher ein gesundes Aquarium ist.
Die Einfahrzeit von vier Wochen ohne Fischbesatz (weil sich die benötigten Bakterien in dieser Zeit erstmal vermehren müssen) lassen sich viele ja noch widerstrebend einreden, obwohl sie es wahrscheinlich nicht so richtig verstehen. Viel eher kaufen sie irgendwelche Starterchemikalien, die die Wartezeit, bis endlich die Fische im Wohnzimmer zu bewundern sind, fast auf Null verkürzen.

Der Verkäufer in meinem Lieblingsmarkt und ich lächeln inzwischen wissend, wenn Samstags bei ihm Großkampftag ist.

Wenn potenzielle Kunden nach einer kleinen, süßen „Prachtschmerle *Chromobotia macracanthus*" fragen, die im ausgewachsenen Zustand schon mal eine ansehnliche Größe – ungefähr wie eine Tischtenniskelle - erreicht und auf jeden Fall immer (!) im Schwarm gehalten werden muss, fragt er prinzipiell zurück nach der Beckengröße, und erzählt dann etwas über Endgrößen und Schwarmfische. Und er sagt ihnen, wenn mal etwas überhaupt nicht geht.

Zum Beispiel ein niedliches Jungtier des (riesengroß werdenden) „Wabenschilderwelses *Pterygoplichthys gibbiceps*" für ein 30er Becken!

Seiiiin oder Nichtsein

Es gibt da einen Sportreporter auf einem Bezahlsender, der schafft es sogar, dass ich abschalte, wenn mein Verein gerade spielt!

Nicht nur, dass er bei jeder Gelegenheit ausschweifend sein Wissen über einen gerade im Bild zu sehenden Spieler, und dazu seiner Meinung nach interessante "Anekdoten" und Hintergründe zum Besten gibt, was oft dazu führt, dass das Spiel inzwischen in irgendeiner Ecke des Spielfeldes in eine kritische Situation geraten ist, die man aber wegen der Ablenkung durch diesen Sportreporter nicht mehr mitbekommt - nein - seine Art zu sprechen ist das Schlimme an der ganzen Geschichte:

Genau so hört sich bestimmt ein Schmierenkomödiant an, wenn er sich erdreistet, den Hamlet-Monolog zu sprechen. *(Das Fettgedruckte müssen Sie sich mehrere dB lauter vorstellen und mindestens eine Terz höher, als seine sonst übliche Sprache!)*

"*Was **wääää**re das für ein **Toooor** gewee**e**sen, wenn der Hunter ein **paaaaar** Zenti**meeee**ter - nein, ich würde fast schon sagen - **Milli**meee**e**ter weiter nach links geschossen hätte...!*
*Obwohl er in letzter Zeit sehr an sich gearbeitet hat, meine Damen und Herren, fehlt dem Niedersachsen noch ein wenig das Gef**üüh**l, die Bal**an**-*

ce, das Gl*eiii*chgewicht und die allgemeine Übersicht im Spielgeschehen an sich.....
...will heute seinen 50ten Sieg erarbeiten, erspielen, erkämpfen..."
„Will nicht sagen euphorisch, aber **angetrie**ben von der Be**geis**terung des Publikums, meine Damen und Herren."
„...spielen im 4 4 2 – System. Der Ivorer...**kämpft** und **figh**tet!"

Vor knapp zwei Jahren ist er in Ruhestand getreten.
Ich kann jetzt endlich wieder die Spiele meines Vereins mit Ton sehen!

Es geht mir in solchen Fällen auch um mangelnde Professionalität und gerade im Fernsehen erlebe ich sowas inzwischen immer häufiger.
Professionalität meint ja das Vorhandensein einer beruflichen Ausbildung, die den Berufsausübenden in die Lage versetzt, seine Arbeit qualifiziert auszuführen.
Ein Meteorologe beim Wetterdienst des Deutschen Fernsehens z.B. sollte also meteorologisches Wissen haben.
Reicht das schon als Professionalität?
Ich meine nein.
Es geht hier auch um das Medium Fernsehen. Der betreffende Meteorologe muss sein Wissen auch dem Fernsehpublikum professionell darstellen können.

Und diesen Teil der Ausbildung haben viele TV-Meteorologen offensichtlich nicht absolviert – was ihr Erscheinungsbild vor der Kamera betrifft.
Klar, es ist bestimmt nicht einfach, sich vor Kameras für Millionen Fernsehzuschauer natürlich zu verhalten, aber man kann sowas bestimmt lernen.

Stattdessen sehe ich immer wieder mal einen Wetter-Beschreiber, der da steht, wie ich damals in meinem Einsegnungsanzug, der mir hinten und vorne nicht so richtig passte, oder nur deswegen unbequem gewesen ist, weil ich es nicht gewohnt war, einen Anzug zu tragen – ich schließe daraus, dass es vor den Kameras eine Kleiderordnung gibt, wie damals zur Konfirmation.

Ein anderer häufig zu sehender Meteorologe unterstreicht seine auf ein Niveau für Grundschulkinder heruntergeschraubte Sprache mit plötzlichen, Windmühlenflügel-ähnlichen Armbewegungen, um seine Ausführungen deutlich zu unterstreichen, was aber im Gesamtbild nicht passt, weil es einfach albern aussieht.

Die Wetterinformationen, die manchmal ohne vorführende Meteorologen/innen durch rein grafische Darstellung ablaufen, sind auf jeden Fall mindestens genauso informativ, wie die „Kasperleaufführungen" mancher Sendeanstalten.

Ich will damit nichts gegen die Wetterpräsentation von z.B. Claudia Kleinert gesagt haben, die das völlig natürlich und somit ernstzunehmend vorführt – egal, ob sie das mal trainiert hat, oder ob sie sich so verhält, wie sie ist!

Dieses natürliche Verhalten fehlt leider sehr oft im Deutschen Fernsehen und zwar meistens dann, wenn man einen Profi aus einem Gebiet außerhalb des Fernsehens in das Fernsehen transportiert, damit er dort seine Professionalität zeigt.

Mimik und Gestik sind dabei die häufigsten Kritikpunkte meinerseits.

Wenn einer als Zwei-Sterne-Koch in einer Küchenshow mehrere Menues begutachten und bewerten soll, dann ist er durch seine Ausbildung dazu bestimmt qualifiziert, aber in der Durchführung seiner Aufgabe vor Kameras und Publikum mit seinen abartigen Verrenkungen seiner Hände über den jeweiligen Menuetellern, die wohl seine Aussagen unterstützen sollen, einfach lachhaft. Ebenso jemand, der beim Kosten den Mund fast immer zu voll nimmt und dadurch dann – vor allem bei heißen Speisen – mit gutturalen Lauten und wedelnden Händen, die in Richtung seines Mundes zeigen, zwangsläufig irgendwie nonverbal auf die Speise reagiert.

Allerdings: Profis, die ihren Beruf außerhalb der Fernsehwelt ausüben und nur gelegentlich vor Kameras auftauchen, kann ich da zumindest etwas verstehen und ihnen auch lächelnd verzeihen.
Profis, die ihren Beruf nur vor den Kameras ausüben und das nicht richtig können, sind für mich allerdings fast untragbar.

Moderator oder Moderatorin ist da die Berufsbezeichnung.
Ihre Aufgabe – ihre einzige Aufgabe – ist es, die Fernsehbeiträge sinnvoll und passend an das Fernsehpublikum zu vermitteln. Dazu gehört dann wohl auch Übergänge zwischen unterschiedlichen Themen zu überbrücken und eventuell nötige Vorinformationen zu geben, also kurz andeuten, was im nächsten Beitrag berichtet werden wird.

Mit mimischem Bezug auf den gerade gezeigten Beitrag versuchen alle Moderator/innen z.B. ihre Betroffenheit auszudrücken, was eigentlich jedes Mal (bei den nicht professionellen) völlig daneben geht.
Achten sie mal auf die Gestik!
Am häufigsten wäre es passend, wenn beide Arme am Körper herunterhängend anliegen würden, aber nein, was da jenseits vom Bezug zum Gesagten als falsch gedachte Unterstützung mit den Händen und Armen herumgewedelt wird...
Bei natürlichem Verhalten während man anderen Menschen etwas erzählt, kommt sowas in der Re-

gel nicht vor. Man hätte mit irritierten Blicken des Gegenüber zu kämpfen. Vor der Kamera kriegt man davon aber leider nichts mit, auch nicht wenn man als Windmühlenwinker das Wetter prophezeit..

Als sexistisch bezeichne ich außerdem noch die offensichtliche Verpflichtung für Moderatorinnen, wenn sie denn manchmal von Kopf bis Fuß zu sehen sind, dass sie im Studio Hi-Heels zu tragen haben. Selbst wenn es Persönlichkeiten sind, die solche Schuhe in ihrem normalen Leben nicht tragen würden.

Am peinlichsten ist mir da der Sender RBB, natürlich auch, weil ich in Berlin geboren bin und nach wie vor hier lebe.
Wenn es denn so ist, dass regionale Fernsehsender auch eine bestimmte Atmosphäre ihrer jeweiligen Region vermitteln, dann denke ich, das ist beim RBB auf keinen Fall Berliner Atmosphäre, das darf sie einfach nicht sein!

Ein typisches Beispiel für die mir fehlende Professionalität von Personen, die nur diese eine Profession haben, ist die Berliner Abendschau.
Diese Regionalsendung gibt es schon seit der Nachkriegszeit mit Nachrichten aus der Region – damals aus West-Berlin, inzwischen auch aus dem umliegenden Bundesland Brandenburg.

Fehlende Professionalität kann ich hier natürlich nicht allen Moderator/innen vorwerfen, das wäre ungerecht. Es hat von Anfang an immer wieder Personen in diesem Beruf gegeben, die auch vor den Kameras natürliches und deshalb glaubwürdiges Verhalten zeigten.

Aber oft eben auch die dort ziemlich untauglichen! Ich weiß natürlich nicht, nach welchen Kriterien Moderator/innen ausgewählt oder ernannt werden, also wie und warum bestimmte Personen im Fernsehen dauerhaft auftauchen.

Kann sein, dass sie Fernsehjournalismus oder etwas in der Richtung gelernt haben müssen, aber vermutlich ist das so ähnlich wie bei Lehrer/innen, die die Wissensvermittlung studiert haben, aber ob sie charismatische Persönlichkeiten sind, die überhaupt als Wissensvermittler von den Schulklassen angenommen werden, stellt sich erst viel später heraus.

Bei der Berliner Abendschau ist es wohl zumindest immer so gewesen, dass es von Glück oder vom Zufall abhing, ob sich ein Moderatorposten-Anwärter auch vor den Kameras natürlich und ohne diese deutlich sichtbare Angst oder zumindest Nervosität verhalten konnte.

An die Abend für Abend typische Situation mit einer sogenannten Anchorwoman kann ich mich noch deutlich erinnern.

Ihr Gesichtsausdruck war nie entspannt, auch nach Jahren und gegen Ende ihrer Dienstzeit nicht. Man sah ihr an, dass sie während ihrer Moderation ständig den noch zu erwartenden Ablauf der Sendung im Kopf hatte und dieser Ablauf dort ablief, und sie immer die Befürchtung hatte, dass irgendwas schief laufen würde.
Wenn sie dann mit – dem kommenden oder gerade vergangenen Thema angemessenem, aber deutlich künstlichem Lächeln oder ernstem Gesichtsausdruck – den nächsten Beitrag ankündigte, drehte sie sich oft abrupt im 90° Winkel nach links und hackte mit ihrem Kopf völlig übertrieben in Richtung ihrer jeweiligen Co-Moderatorin, die den nächsten Beitrag wohl moderieren sollte. Der Gesamteindruck war in etwa wie beim Start eines Autorennens wenn der Starter die Startpistole abdrückte. „...informiert Sie jetzt Dorothea!"

Besagter Dorothea sah man übrigens sehr lange im Gesicht und Körperhaltung an, dass sie sich in der Hierarchie deutlich unter der Anchor Woman befand und auch so fühlte.

Jahrelang konnte/musste ich diese unnatürlichen Vorführungen ertragen – woanders bekam ich ja keine aktuellen Nachrichten aus dem Berliner Raum.

Was soll man mit Nachrichten anfangen, die seriöse Themen beinhalten, aber von unglaubwürdigen Vermittlern vorgetragen werden…

Apropos Berliner Abendschau. Es gibt und gab unter den Moderatoren immer wieder mal einen in der Art eines Witzbolds mit Berliner Schnauze – die waren für die von ihnen vorgebrachten Berichterstattungen nicht so schlimm, wie die oben geschilderten und sind damit auch nicht gemeint.

Zur Zeit spielt sich gerade die andere Seite der *RBB-Moderationsmedaille* ab:

Es wird auf locker und lustig gemacht.

Da gibt es Moderator/innen, die sind dermaßen unnatürlich in ihrer durchschaubaren, aufgetragenen „Witzigkeit" und „Lockerheit", dass ich inzwischen mit Fremdschämen einen TV-Kanal weiterschalten muss.

Schade ist es aber allemal, dass dieser Hauptstadt-TV-Sender nicht im Mindestens meine Stadt wiederspiegelt, wie sie ist und wie sie in Wirklichkeit präsentiert werden müsste und könnte!

Warum orientieren sich die Verantwortlichen der Senderleitung nicht an den Moderator/innen von

ARD und ZDF? Da sind immer Profis vor den Kameras!

Nischen der Evolution
(Ein Beitrag nur für Biolog/innen)

Vergleichende Studie anhand fossiler Funde aus dem Donau-Gebiet und dem Havelland zu Homo sapiens berlinensis und Homo sapiens bayrensis

Gegenwärtig geht die Lehre über die stammesgeschichtliche Entwicklung der Primaten von der Annahme aus, dass sich die Gruppe der Jetztmenschen aus Insektenfressern der Kreidezeit über den Praesapiens in drei parallele Ahnenreihen aufgespalten hat, deren rezente Vertreter Homo sapiens sapiens, Home sapiens berlinensis und Homo sapiens bayrensis sind.

Die in Veröffentlichungen beschriebenen Passauer Funde widerlegten einwandfrei die bislang vorherrschende Sicht von einer direkten Entwicklungslinie des Praesapiens zum rezenten Homo sapiens sapiens, dem Jetztmenschen also, und lösten damit eine ähnlich kontroverse Diskussion aus wie seinerzeit die Entdeckung des Schnabeltiers.

Die paläontologische Überlieferung, also das Vorhandensein von Fossilien (Knochenfunden etc.), zur Untermauerung der These von der Primatenentwicklung bis hin zum rezenten Homo sapiens sapiens ist in vielen wichtigen Abschnitten leider noch sehr lückenhaft, so dass es sich in letzter Zeit als sehr hilfreich herausgestellt hat, dass sich z.B. Durchreisende, Sommerfrischler, Touristen oder Schulklassen mit archäologisch geschultem Auge zur Erforschung in isolierten Territorien der Biosphäre unseres Planeten aufgehalten haben (Berlin, Rosenheim, Deggendorf, Passau etc.), und dadurch zu Entdeckungen bestimmter, bisher nicht bekannter Lebensformen in begrenzten ökologischen Nischen, beitragen konnten.

Zwei Forschungsexpeditionen in die neu entdeckten Territorien stützen ihre Thesen, mangels fehlender Knochenfunde, primär auf Ergebnisse einer mehr oder weniger fundierten Kneipen- oder Stammtischforschung, die sich jedoch inzwischen wegen der dadurch sich automatisch entwickelnden Fraternisierungen, verbunden mit zahlreichen Bastardierungen in den frühen Morgenstunden, als wissenschaftlich nicht haltbar herausgestellt haben.

Im Übrigen hat die kultische Überreichungen von Aphrodisiaka in dem Deliriumglauben zuzuordnenden sogenannten Maßkrügen an die "weißen Götter" zu statistisch nicht mehr auswertbarem Gelalle bei Forschern und Eingeborenen geführt.

Die These, es handele sich bei den entdeckten Spezies lediglich um Unterpopulationen des Homo sapiens sapiens, ist inzwischen auch durch neuere Ausgrabungen im Donaugebiet und durch Ablagerungen im Märkischen Sand widerlegt worden:

Unterpopulationen unterscheiden sich von der Stammform dadurch, dass sie an die besonderen Bedingungen ihres spezifischen Lebensraumes ideal angepasst sind, wodurch ganz besondere Rassen entstehen. Die Erfordernisse dieses Gesetzes werden jedoch auch durch die Entwicklung von Nahrungsspezialisten (Currywurstfresser, Weißwurstfresser) und durch Anpassung an ökologische Nischen (SO 36, Hofbräuhaus, Nibelungenhalle, Big Apple) nicht erfüllt.

Eine Population ist eine Gruppe von Individuen derselben Art, die zu gleicher Zeit im selben Raum vorkommen und sich potentiell miteinander fortpflanzen können. Eine Generationsdauer, also der Zeitraum bis zur Fortpflanzung, dauert hierbei ca. 25 Jahre, bei der Buche z.B. etwa 40 - 60 Jahre!

Daraus resultiert zwangsläufig, dass auch die Anwendung des Seehofer-Wowereit-Gesetzes bei Analysen der Populationen von Homo sapiens berlinensis und bayrensis von falschen Prämissen ausgegangen ist:
Das Seehofer-Wowereit-Gesetz (d.h. eine gleiche Paarungswahrscheinlichkeit aller dort lebenden Individuen), ist inzwischen längst durch die Mauerblümchenforschung widerlegt worden.
Man kann heute davon ausgehen, dass drei Arten des Homo sapiens auf der Erde vorkommen: Mensch, Berliner und Bayer.

Angesichts der auffallenden Mannigfaltigkeit dieser Erscheinungsform drängt sich dem Betrachter natürlich sofort die Frage auf, wie eine derartige Vielgestaltigkeit zustande gekommen ist, und wie sich die einzelnen Spezies im Laufe der stammesgeschichtlichen Entwicklung aus Wildformen herausgebildet haben.

Heute weiß man, dass sich die Entwicklung ähnlich wie bei der Schmeißfliege vollzogen hat.
Die Entstehung der drei rezenten Arten (Mensch, Berliner und Bayer) ist wahrscheinlich auf die Vereisungen in Europa während des Pleistozän zurückzuführen. Die klimatischen Veränderungen zu Beginn der Eiszeit mit den dadurch entstehenden großen Eisbarrieren (die beiden größten Gletscher Langnese und Schöller existieren ja noch heute!), führten zur genetischen Isolation einzelner Populationen. Am stärksten isoliert wurde dabei die niederbayrische Mitteleuropapopulation, die sich dadurch zum extremen Typus entwickeln konnte.

Inzwischen leben berlinensis und bayrensis ohne Bastardierung unvermischt nebeneinander, da sich nach dem Abschmelzen des Eises beide Teilpopulationen wieder in Mitteleuropa ausbreiten konnten.
Diese stammesgeschichtlichen Dauertypen, wie man sie inzwischen in allen Teilen der BRD vorfinden kann, bezeichnet man als "lebende Fossilien".

Bei dem weitaus jüngeren berlinensis ist über den Knochenbau oder Schädel- und Gebissformen wenig bekannt, jedoch hat man inzwischen anhand der gefundenen Begleitfossilien (den Dokumenten seiner Kultur), wie beispielsweise Alufelgen und Kronenkorken, erkannt, dass es sich hierbei um eine motorisierte und den Anbau von Hopfen oder Gerste pflegende, also Ackerbau betreibende Nomadenspezies handelt. Mythische Symbole an Kreuzungen von Trampelpfaden, mit deutlichen Totempfahlmerkmalen, und kreuzähnliche Drahtgestelle auf den Dächern seiner Behausungen zeigen, dass er offenbar über metaphysische Vorstellungen verfügt.

Angesichts der doch sehr späten Entdeckung dieser beiden Spezies soll hier kurz skizziert werden, wie es genetisch zu der Entstehung von berlinensis und bayrensis und der damit verbundenen Sonderentwicklung kommen konnte.

Dazu muss man sich die Bedingungen, die zur Entstehung neuer Arten führen, noch einmal vergegenwärtigen.
Vereinfacht dargestellt handelt es sich hierbei um die Faktoren Mutation, Isolation und Selektion.
Mutationen treten rein zufällig auf und führen zu Verankerungen im genetischen Material des Mutanten. Mutagen sind außerdem radioaktive Strah-

lung (Wackersdorf, Gorleben) oder Chemikalien (Shit, Trips, Mescalin, Captagon etc.).
Viele der Ursachen, die zu Veränderungen der Gene geführt haben, sind im Nachhinein jedoch nicht mehr rekonstruierbar.

Isolation hingegen, also die Trennung einer Gruppe von Individuen aus einer Gesamtpopulation, findet vielfach statt durch Abspaltung von Kontinenten, Vulkanismus, Berg- und Talbildung, Rauchverbot in Gaststätten, Trennung ursprünglicher Landstriche, Mauerbau, Inselbildung, Alliierte Blockade oder durch Versetzung an eine andere Dienststelle etc.
Dadurch kann die genetische Eigenentwicklung von der Außenwelt unabhängige Richtungen einschlagen, ähnlich der spezialisierten Entwicklung der Beuteltiere nach Abtrennung des Kontinents Australien. Als nicht zufällig ist daher auch das massive Auftreten von Campingbeuteln in den sechziger Jahren in den beiden mitteleuropäischen Biotopen zu verstehen.

Kommen wir nun zur eingehenden Untersuchung des dritten Faktors, der Selektion. Unter Zuhilfenahme der Selektionstheorie lassen sich viele, sonst vielleicht als aberwitzig eingestufte, unterschiedliche Erscheinungsformen der Art Homo sapiens ganz zwanglos erklären, wo andere Ansätze versagen.

Nach Darwin werden von den verschiedenen Varianten einer Art diejenigen überleben, die den jeweiligen Lebensbedingungen am besten angepasst sind.
Was nun die bayrische Population betrifft, ist es zutreffend, dass Krachlederne, Lodenmantel und Gamsbart und das Lesen der Süddeutschen Zeitung in freier Wildbahn eindrucksvolle Beispiele für biotopgemäße Tarntrachten sind, etwa vergleichbar mit den Tarntrachten des Sargassofischs (Histrio histrio) und des Wandelndem Blatts (Phyllium spec.).
Die Umwelt, also das Hofbräuhaus z.B., stellt hierbei eine auslesende (selektierende) Kraft dar, die Individuen begünstigt, die am besten an die auf sie wirkenden Einflüsse angepasst sind.

Andererseits wird auch die Überlebenschance dort zufällig Berliner Weiße bestellender, somit exterritorialer Individuen, durch eine Vielzahl von Faktoren beeinflusst, wie z.B. hohe Nachkommenzahl, Tarn- und Warnfarben, Mimikry und die Höhe der erforderlichen Fluchtgeschwindigkeit bei Annäherung einheimischer Spezies.
Dieser dort herrschende Selektionsdruck (die Intensität der natürlichen Auslese in einer Population) führt allmählich zu Formen von Organismen, die vollkommen andersartig als die normalen Stammpopulationen sind, was das Aussehen und damit verbunden das Verhalten betrifft: Es kommt zu dem Prozess, den wir Evolution nennen.

Der Selektionsdruck hat sich, um das mal an zwei Beispielen klarzumachen, so ausgewirkt, dass sich bei den im Wasser lebenden Wirbeltierklassen im Laufe der Evolution die strömungsgünstigste Körperform herausgebildet hat und bei den in Kneipen lebenden Primatenformen des Homo sapiens die konsumgünstigeren Bierbäuche und die Neigung des Oberkörpers über den Tresen in einem Winkel von exakt 76,4 Grad.

Interessant in diesem Zusammenhang ist ein Vergleich von berlinensis und bayrensis:
Bei räumlicher Trennung beider Populationen ist eine Konvergenz zu bemerken, also eine gleichgerichtete Ausbildung von Merkmalen unter identischen Umweltbedingungen bei nicht näher verwandten Organismen, wie beispielsweise die in beiden Verbreitungsgebieten auftretenden Bierbäuche als Anpassung an feuchte Kneipenklimate, oder Reizlungen aufgrund von klimaanlagengesteuerter Käfighaltung in Bürogebäuden.

Als konvergent gelten außerdem das Hinterbeinheben beim männlichen Hund und der Tangoschritt beim Homo sapiens, die Augenflecken bei Faltern und die Heckleuchten beim Opel GT, sowie Wespenstiche und die Akupunktur.

Bei vielen dieser Beispiele haben wir es mit den sogenannten Verhaltensanalogien zu tun, also mit

Anpassungsähnlichkeiten des Verhaltens bei Tier und Mensch.

Ein Tier-Mensch-Vergleich zur Deutung und zum Verstehen der menschlichen Verhaltensweisen legitimiert sich aus der Erkenntnis, dass der Jetztmensch seinen Ursprung in der Tierwelt hat. Die folgerichtige Konsequenz des Wissens über die stammesgeschichtliche Entwicklung des Menschen ist deshalb die unvoreingenommene Betrachtung und Analyse menschlicher und tierischer Gemeinsamkeiten. Wir wollen uns hierbei vor allem auf die Primaten beschränken, da Verhaltensanalogien zwischen Mensch und Pantoffeltierchen doch nur unter sehr erschwerten Bedingungen zu leisten sind, und sehr von der jeweiligen Stimmung des Pantoffeltierchens abhängen.

Obwohl grundlegende Erkenntnisse über das Wesen des Menschen durch Untersuchungen der Winkerkrabbe gewonnen werden konnten, wurde inzwischen experimentell ermittelt, dass das Winken (ursprünglich als Analogie zum Fingerhakeln missverstanden) zwar eine Balzfunktion hat, bei der Arterkennung jedoch keine entscheidende Rolle spielt und nicht unbedingt zu einer Verfolgung durch das Weibchen führt. Beim adulten bayrensis beispielsweise führt demgegenüber dieses Verhalten fast immer zum Nestbau und zur Kopulation.

Die Konvergenzforschung konzentriert sich deshalb neuerdings wieder mehr auf die Primaten, und man hat sich inzwischen doch auf eine Unterscheidung zwischen rezenten Affen und Menschen geeinigt. Man differenziert heute sogar schon zwischen Breitnasen- oder Alpenmenschen und Schmalnasen- oder Havellandmenschen.

Da berlinensis jüngeren Datums ist, verfügt er schon über zwei als typisch menschlich angesehene Merkmale: die hohe Intelligenz und der aufrechte Gang. Dafür tendieren bei bayrensis die beiden Zehenstrahlen schon zur Opponierbarkeit. Beide Primatenformen leben in Sozialverbänden, deren Mitglieder sich gegenseitig kennen. Dieses gegenseitige Kennen ist wichtig, weil dadurch Keilereien innerhalb der Population, etwa um bessere Sitzplätze im Kino oder ein begattungsfähiges Weibchen möglichst gering gehalten werden.
Demutsgebärden (Knicks, Verbeugung, Entschuldigung etc.) dienen als aggressionshemmende Mechanismen, während Drohgebärden (Kavaliersstarts an Ampeln, Wettsaufen etc.) die Stellung des Individuums in der Gruppe manifestieren.

Vergleichbare rudimentäre Verhaltensweisen rezenter Arten können nun Hinweise auf evolutionäre Zusammenhänge zwischen Primaten- und Menschentwicklung geben:

Für viele Spezies ist es von großer Wichtigkeit, einen Besitzanspruch auf ein bestimmtes Gebiet, also Wohnung, Käfig, Arbeitsplatz, Sitzplatz im Lehrerzimmer etc. deutlich zu machen. Dazu bedarf es eindeutiger kommunikativer Signale, die von den Mitkonkurrenten kapiert werden können. Daraus haben sich nun mannigfaltige Formen des Territorialmarkierens als entwicklungsgeschichtliche Anpassungsleistung durchgesetzt, wie beispielsweise das Absetzen von Urinmarken im Gelände beim Mausmaki und analog dazu beim männlichen Homo sapiens und seinen Nachtschwärmervarianten. Das Verlegen von Tellerminen in umkämpften Territorien des Homo sapiens findet andererseits ihre Analogie bei allen rezenten Rinderrassen auf eingezäunten Weiden.

Neben diesen chemischen Verständigungen gibt es noch die akustischen (Brüllaffe - Marktschreier - Vorgesetzter - Schulleiter) und die optischen Territorialmarkierungen (Wachesitzen auf erhöhten Stellen des Geländes beim Nasenaffen, Bademeister, Leuchtturmwärter, stehender Lehrer etc.).

Bei Intelligenztests ergab sich ein deutliches Nord-Süd-Gefälle des IQ bei Europiden und eine signifikant positive Korrelation zwischen IQ und Havelnähe.

Die Analyse aller Forschungsergebnisse von Paläontologie und Verhaltensgenetik, wie sie hier nur in Ansätzen dargestellt werden konnte, lässt als Ergebnis nur den Schluss zu, dass es sich bei den neueren Funden in Bayern und Berlin um kleinere Populationen zweier Seitenlinienentwicklungen des Homo sapiens sapiens handeln muss, wobei berlinensis jüngeren Datums ist, und bayrensis eine altertümliche, eigentlich nur in dem bayrischen Biotop existenzfähige fossile Form ist, vergleichbar etwa mit dem Quastenflosser des Silur.

Ob die in dieser Untersuchung gefundenen Erklärungen tatsächlich richtig sind, bleibt trotz aller Belege ungewiss. Die Bedingungen, die in der Erdgeschichte beim Ablauf bestimmter phylogenetischer Prozesse vorherrschten, sind nicht mehr so exakt rekonstruierbar.

Viele meiner diesbezüglichen Aussagen müssen deshalb hypothetisch bleiben. -

Die Schramme

Wir waren einkaufen und hatten unseren Mercedes hinten auf dem Parkplatz geparkt.
Als wir zurückkamen steckte etwas unter dem Scheibenwischer: „Ich habe Ihr Auto angefahren, hinten rechts an der Stoßstange. Rufen Sie mich bitte an unter der Telefonnummer..."
Die Schramme war schon etwas größer, sah hässlich aus, aber keine Beule war dahinter.

Zu Hause rief ich dann etwas später die angegebene Telefonnummer an, es hob aber keiner ab.
Es schien am anderen Ende der Leitung nie jemand erreichbar zu sein. Ich wurde langsam etwas unruhig.
Zu meiner großen Beruhigung steckte aber nach unserem Einkauf nicht nur o.g. Zettel unter dem Scheibenwischer, sondern noch ein zweiter Zettel aus anderem Papier mit anderer Schrift, welcher folgenden Satz beinhaltete: „Es hat Sie jemand angefahren. Autonummer..."

Ich kontaktierte meinen Anwalt. „Tja, Herr Dreymann, das haben wir heutzutage leider oft, dass Unfallgegner wg. etwaiger Zeugen vor Ort so tun, als ob sie eine Nachricht hinterlassen, und in Wirklichkeit stimmt darauf die Telefonnummer nicht. Das Vorgehen gilt als Fahrerflucht und ist demzufolge strafbar. Der gegnerische Unfallverursacher hätte den Unfallort nicht verlassen dürfen."

Ich brauchte für die gegnerische Versicherung ein Schadensgutachten, um die Lackierkosten etc. zu erhalten.
Etwas ratlos fuhr ich zum Lackdoktor in meiner Nähe. „Das wird so ungefähr 100 Euro kosten". Ich schilderte ihm den Fall und er meinte dann „Na gut, sagen wir 150 Euro."
Per Telefon meinte mein Anwalt dazu „Fahren Sie doch mal zu Mercedes und lassen sich dort ein Gutachten erstellen."

Gute Idee!

Ich fuhr also zu einer großen Mercedes Generalvertretung und meldete mich am Tresen für ein Lackgutachten mit einem Lackiermeister an.
Wartezeit, Kaffee für wartende Kunden, freundliche Bedienung, dann kam der Meister und ging mit mir zum Parkplatz, machte diverse Fotos von der Schramme und fuhr den Wagen in ein Halle zur genaueren Untersuchung.

Wartezeit, noch ein Kaffee...

Dann kam der Meister wieder und wir setzten uns in einer ruhigen Ecke gegenüber an einen Tisch.

„Wir haben das Gutachten erstellt und nach unseren Untersuchungen wird die Instandsetzung 1420,56 Euro kosten. Die gegnerische Versicherung wird nach meinen Erfahrungen nicht den vollen Preis erstatten – die gehen nach den durchschnittlichen Stundenlöhnen von Lackierern, aber über 1000 Euro werden die wohl zahlen. Für die Gutachtenerstellung fallen für Sie dann 10 % der Kosten an, das wären rund 142 Euro. Haben Sie denn die Absicht, das Auto hier bei uns reparieren zu lassen?"

Ich schluckte innerlich und antwortete spontan „Das weiß ich noch nicht, ich weiß ja noch gar nicht, ob die gegnerische Versicherung zahlen wird".
Dann schilderte ich ihm die Geschichte mit der Fahrerflucht und dem Betrugsversuch und dem zweiten Zettel, und ich hatte das Gefühl, dass der Lackiermeister mir wohlgesonnen war und meinen Ärger nachempfinden konnte.

„Das hören wir inzwischen immer häufiger mit diesen Betrugsversuchen...na sagen wir mal so – vor Ihnen liegt das Gutachten und wenn ich mich jetzt umdrehe und sie gehen mit dem Gutachten zu Ihrem PKW und ich drehe mich wieder zurück und sehe vor mir einen leeren Tisch, dann weiß ich von nichts."

Ich war platt!

Ich musste dann noch zur Kripo um eine Anzeige zu erstatten, und dort wurden wieder diverse Fotos von der Schramme gemacht.

Letztendlich wurde der Unfallgegner gefunden und musste 800 Euro Strafe wg. Fahrerflucht bezahlen und die gegnerische Versicherung zahle 1200 Euro, von denen ich dann 100 Euro an meinen Lackdoktor gab, nachdem die Stoßstange hinten rechts wieder wie neu ausgesehen hat.

Nur schade, dass ich nicht wusste, wer den zweiten Zettel unter den Scheibenwischer gesteckt hatte – der hätte auch einen Hunderter bekommen!

Kreuzfahrten

Ich habe in den letzten Jahren mehrere Kreuzfahrten auf verschiedenen Schiffen unterschiedlicher Gesellschaften in diversen Gegenden der Erde gemacht und kann inzwischen eine Bilanz ziehen, die ich hier in 11 Themenbereiche unterteile. Nicht alle dieser Bereiche spielen sich auf jedem Schiff gleich ab, aber man sollte schon vorher sicherheitshalber Bescheid wissen...

1. Club Fototyrannei

Eine kleine Gruppe von zwei/drei Leuten hat einen Fotoladen an Bord (mit etwas Fotoequipment für etwaige Kunden unter den Passagieren, Batterien etc.), aber deren lukrativer Job ist die Fotografiererei!

Das fängt schon beim Betreten des Schiffes an – man MUSS durch ein Tor und dort stehen bleiben, bis man fotografiert wurde. Das Tor hat dann irgendwelche Umrandung die als Köder zum späteren Kauf dienen soll z.B. mit dem Schriftzug *Unsere Kreuzfahrt durch die Karibik 2016*.

Wenn man dann Landausflüge unternimmt, kann man nur von Bord, wenn man durch ein bestimmtes Tor geht, mit einer Umrandungsgirlande und dem Spruch z.B. *Aitutaki 2017*...und oft noch mit zwei fotoshopeigenen Angestellten, die auf einheimisch getrimmt mit Baströckchen usw. links und rechts die gerade fotografiert werdenden Passagiere garnieren. Grinsekatzen!!! Mit eingefrorenem, antrainiertem „Lächeln". Schlimm!!!

An Bord wird auch bei bestimmten Anlässen, an denen die Mehrheit der Passagiere teilnimmt, fotografiert und gefilmt, was das Zeug hält (beim Captain's Dinner usw.).

Spätestens einen Tag nach der entsprechenden Fotografiererei hängen die Bilder an vielen Wänden des Decks, auf dem sich der Foto-Shop befindet und können bestellt werden – für einen Preis, den sich in Berlin kein Fotogeschäft zu nehmen trauen würde!

Ich bin dieser Prozedur in letzter Zeit dadurch aus dem Weg gegangen, dass ich selber bei Verlassen des Schiffes oder in vergleichbaren Situation meinen Fotoapparat vor's Auge gedrückt habe und dann die Schiffsfotoclique fotografiert habe (was sie immer mit etwas gequältem Lächeln quittiert haben!)

2. Die Fresssäcke

Auf Kreuzfahrtschiffen kann man – das ist im Fahrpreis inbegriffen – rund um die Uhr essen.

Das Seven Seas-Restaurant auf Deck 12 z.B. hat permanent ein reichhaltiges Buffet im Angebot und irgendjemand ist dort auch immer am essen. Das Seven Seas ist aber nicht das einzige Restaurant an Bord. Man könnte sich von Deck zu Deck wandernd überall mit verschiedenen Kleinigkeiten versorgen.

Ich glaube dass es nicht wenige Leute gibt, die hauptsächlich deswegen Kreuzfahrten machen. Ich habe da noch eine adipöse Familie – Vater, Mutter, Tochter und Sohn – vor meinem geistigen Auge, die wg. ihrer Gesäßbreite fast zwei Stühle pro Person benötigt hätten und bergeweise Nahrung in sich hineinschaufelten. Auf mehreren Decks hat man die immer wieder getroffen.

Abends zum Dinner, kann man dann in mehreren Restaurants nach eigener Wahl aus den jeweils angebotenen Menüs wählen (im Preis der Kreuzfahrt inbegriffen!). Wenn man nur zu zweit oder gar alleine eine Kreuzfahrt macht, wird man immer mit mehreren Personen, die man gar nicht kennt

an die 6er oder 8er Tische gesetzt, und dann geht es los mit
„Where do you come from?"
„Ach! Auch aus Deutschland?!!" ...usw....
Da lernt man dann entweder interessante Leute kennen oder manchmal auch das Gegenteil (Vielquatscher, die sich gerne reden hören etc.).
Wenn man sich mit anderen auf der Fahrt angefreundet hat – das passiert durch gemeinsame Landtouren und zusammen gemachte Erlebnisse nicht selten – dann nimmt man natürlich nach Verabredung zusammen einen 6er oder 8er oder 12er Tisch.

3. Die Animateure

Davor hatte ich immer schon, bevor ich jemals auf die Idee gekommen bin, eine Kreuzfahrt zu machen, Abscheu! Ich stellte mir das – auch nach Berichten in den Medien – in etwa so vor, wie diesen lästigen Club Fototyrannei, der ständig hinter einem her scharwenzelt und mit einem Grinsekatzengesicht versucht, einen zu irgendwas zu animieren.
Pustekuchen!
Gibt's nicht mehr!
Auf zehn Kreuzfahrten ist mir das nicht begegnet. Vermutlich habe diese Reiseunternehmen schnell die Interessenlage der potenziellen Kundschaft erforscht und dann gleich Konsequenzen gezogen.

Nur für die Kinder wird immer diese Piraten-Abenteuer-Bord-Einkriege-Spielerei angeboten – und auch angenommen!

4. Die Landtouren mit den Fähnchenschwenkern

Ein interessantes Ereignis bei Kreuzfahrten ist immer der Landgang.

Man fährt praktisch während der Kreuzfahrt in seinem eigenen Wohnzimmer in die weite Welt und parkt dann an interessanten Orten, die man besichtigen kann – oder man bleibt an Bord, wenn man nicht an Land will.

Die Landtouren kann/muss man vorher buchen. Es werden meistens verschiedene Exkursionen zu verschiedenen Konditionen angeboten – Sehenswürdigkeiten, muttersprachliche oder englischsprachige Führungen, ganztägige Touren oder Kurztouren. Wer möchte kann auch allein an Land gehen.

Am Kai stehen bei Ankunft zahlreiche Busse aufgereiht und die Passagiere werden mit Nummersytem am Revers zu den jeweiligen Bussen mit Reiseleitung – meist einheimische Führer – geleitet.

Bei zahlreichen Gruppen, die die gleiche Gegend erkunden, ist die jeweilige Leitung mit Fähnchenschwenkern ausgestattet, die man sich merken muss und die man nicht aus dem Auge verlieren sollte. D.h. das Besichtigungstempo richtet sich nach dem Timing der Leitung.

In Peking hatten wir z.B. einen kleinen „Mao Tsetung" (s.u.), der alle Schliche mit den Sicherheitskräften kannte, sonst wären wir auf dem *Platz des ewigen Friedens* und in der *Verbotenen Stadt* bei DEM Andrang nicht vorangekommen.

Er hatte in Heidelberg deutsch studiert und konnte uns deshalb auch alles haarklein erklären:

„Wenn man vor ein paar Jahren irgendwo in Beijing demonstriert hat, hatten sie einen in ein/zwei Stunden am Kragen; heutzutage dauert das nur noch maximal 20 Minuten!"
(Er spielte damit auf die allgegenwärtigen Kameras an).

Ganz erfahrene Kreuzfahrer buchen Landtouren online bei ausgewanderten Leuten ihrer Heimatländer.
Wir hatten z.B. einen Deutschen per Internet gefunden, der nach Thailand ausgewandert war und dort nun Landtouren u.a. für Kreuzfahrtpassagiere in deutscher Sprache anbot. Solche Leute geben sich meistens Mühe mit dem Zusammenstellen interessanter Touren. Es hieß dann beim Mailwechsel mit ihm sogar, falls wir noch andere Deutsche an Bord finden würden, die ebenfalls an unserer bei ihm gebuchten Tour Interesse hätten, würde sich der Preis insgesamt verringern usw.

5. Die Bediensteten

Auf vielen Kreuzfahrtschiffen sind viele Einwohner der Philippinen als Personal angestellt. Das hat immer gut funktioniert, aber ein russisches Schiff wie die Maxim Gorkij, mit rein russischer Besatzung, hat schon ein ganz besonderes Flair! Man kann die *Russische Seele* nur schwer beschreiben, aber sie herrschte auf diesem Schiff ganz wunderbar! Sie machten nicht den Eindruck, sklavischen Untertanengeist eingetrichtert bekommen zu haben gegenüber den Gästen, der Umgang war immer menschlich und auf Augenhöhe.

6. Die Abendshows

Abends muss natürlich Unterhaltung an Bord geboten werden – keine Frage. C-Promis oder völlig unbekannte Entertainer tauchen da gelegentlich auf und versuchen dem Publikum z.B. einen Freddy Mercury-Verschnitt zu verkaufen – was in diesem Fall bei mir zum Fremdschämen führte.

Musical-Szenen gibt es sehr oft und man merkt schon, dass es sehr oft darum geht, irgendetwas vorzuführen, das das Publikum zum Mitklatschen bringt. Wer den ganzen Abend mitklatscht hat einen tollen Abend erlebt, oder so ähnlich...

Aber man muss ja nicht zu diesen Veranstaltungen gehen. Man kann überall sitzen, stehen, sich mit anderen unterhalten und es gibt immer wieder Ecken, in denen ein einzelner Pianist ganz lässig vor sich hin spielt – so, als sein gar kein Publikum da, das er animieren müsste.

Das klingt dann meistens relaxed und schön. Oder eine Pianistin und eine Geigerin, die bekannte Pop-/Rocksongs auf ihre Art sehr schön spielen...

7. Das Captain's Dinner

Das ist was für die Frauen, also für ungefähr die Hälfte der Kreuzfahrtpassagiere. Da kommen dann die Abendkleider und die Smokings zur Geltung. Man darf aber auch mit Schlips und Kragen daran teilnehmen.

Das Captain's Dinner findet einmal während jeder Kreuzfahrt gegen Ende der Fahrt statt. Der Captain sitzt dann mit den Passagieren, die aus welchen Gründen auch immer an seinen Tisch gebeten werden, und mit allen sonstigen Passagieren, die sich auf die restlichen 6er 8er und 12er Tische verteilen, in einem der Restaurants.
Reden werden gehalten und zum Schluss kommt dann unter Musik und Tschingderassassa die Eisbombe in mehreren Exemplaren von der Mannschaft getragen ins Restaurant und die Wunderkerzen darauf brennen langsam ab.......

8. Die angebotenen Workshops

Es gibt viele Leute, die irgendeine Fähigkeit haben, die sie als Workshop für interessierte Fahrgäste tagsüber anbieten.
Ich war mal aus Neugier in einem Workshop zu *Digitale Fotografie an Seevögeln*. Wie der Kurs war weiß ich nicht mehr aber es gibt offenbar viele Menschen, die eine Kreuzfahrt unentgeltlich machen, weil sie irgendetwas in irgendeinem Workshop anbieten – von Meditation bis hin zu Action für die Kinder „*Käptn Hook erobert die Weltmeere*".

9. Die Musiker

Es gibt immer eine Band an Bord. Auf jedem Schiff. Die machen dann auf Showband oder auf Partyband und müssen ein/zweimal am Abend auftreten (zum Tanz etc.).
Wenn man vom Fach ist und die Musiker mal genauer betrachtet, dann sind das immer sehr professionelle Musiker was ihre Beherrschung der Techniken betrifft – ansonsten aber oft seelenlos.
Die spielen ihr Programm monatelang jeden Abend zweimal hintereinander, und man merkt schon, dass sie es herunterspulen. Sie können es natürlich im Schlaf, aber man hat manchmal den

Eindruck, dass der eine oder andere Musiker während er spielt gar nicht anwesend ist.

10. Auf Reede

Wenn mal kein Hafen in der Nähe ist, liegt das Schiff auf Reede und die Passagiere müssen mit Tenderbooten an Land gefahren werden. Das ist dann schon etwas schwieriger – besonders mit etwas korpulenteren Passagieren (die Fresssäcke u.ä.).
Sowas passiert immer in Polargebieten, wenn es auf Eisberge gehen soll oder auf einsame Buchten in Spitzbergen. In Spitzbergen hieß es:
„Sie gehen mit zwei bewaffneten Rangern an Land, falls wir auf Eisbären treffen. Ein Eisbär braucht ziemlich genau 25 Minuten, um durch die Bucht hierher zu schwimmen. Wenn ein Ranger also pfeift, lassen Sie alles stehen und liegen und gehen sofort in die Tenderboote!"
Andererseits kann man dort tausend Jahre altes Eis sammeln und später im Glas Whisky genießen.
Diese Tour haben wir zum Glücke mit der russischen Crew gemacht, die an Land an der Eisküste ein Barbeque organisierte und reichlich Wodka zur Verfügung stellte und dann dabei auch die russische Seele singen ließ.

Nachher sprangen einige von ihnen zur Abkühlung auch noch ins Eiswasser (so mit Bauchklatscher und Aschbombe und so....).

11. Organisatorisches

Die Organisationslogistik eines Kreuzfahrtschiffes ist schon sehr aufwändig! Wer, wann sich wo für welche der zahlreichen Landtouren einzufinden hat, und wie der dann dort eingeteilt wird, über den Tagesablauf informiert wird, und weitergeleitet wird.....

Bestimmte Informationen müssen an den Passagier gebracht werden: Welche Kleidung ist beim Betreten bestimmter kultischer Stätten vorgeschrieben und was geht gar nicht.
Die Regeln beim Betreten Buddhistischer Tempel sind eben in Korea anders als in Thailand.
In Thailand im Königspalast beispielsweise müssen Frauen mit Röcken ihre Knie bedeckt halten, weshalb die Tourführer (die mit den Fähnchen!) immer irgendwelche Stoffe dabei haben, die sich Frauen bei Bedarf um die Hüften wickeln können. Aber: Ein Rock muss das Knie bedecken und eine Hose die Knöchel! Eine Frau mit Caprihose aber – eine Hose, die bis zur Mitte der Wade geht – wurde vom Wachpersonal herausgezerrt!

Man muss auch wissen, dass man Soldaten, Polizisten und Wachpersonal in China nicht fotografieren darf. Allerdings konnten wir beim Aussprechen des Guten Tag-Grußes NIHAO bei den Grenzern nur Lächeln ernten.

TV

Morgens sitze ich fast immer mit einem Becher Kaffee in der linken Hand und einem Marker in der rechten vor der HÖR ZU, weil mich das SIEH ZU möglicherweise interessieren könnte.
Die HÖR ZU ist nun nicht unbedingt meine Traum-Fernsehzeitung, aber nach gründlicher Auswertung von zehn der bekanntesten TV-Zeitungen, was hauptsächlich die ausführliche Beschreibung der Programme betrifft, waren alle anderen Zeitschriften nicht so kaufenswert.
Manchmal war die Anzahl der die TV-Programme betreffenden Seiten klar in der Minderheit im Vergleich mit Seiten, die angeblich die neuesten Entdeckungen der Menschheit betrafen oder gar sensationelle Einblicke in neueste Forschungsergebnisse, die die Gesundheit des Menschen betrafen, gaben (neben ganzseitigen Reklamen von Medikamenten oder Diäten).

Ich weiß nicht, was das soll!
Ich will nur die Fernsehprogramme gedruckt bekommen und die so ausführlich wie möglich!

Aber da scheitert so manche TV-Zeitung, die sich wohl eher als Bestandteil der Gelben Presse versteht.
Eine der Zeitungen warb sogar mit dem Untertitel *Die härteste TV-Zeitung*.

Ca. 90 % dieser Zeitschriften versuchten sowieso mit mehr oder weniger gefüllten Dekolletés auf der Frontseite Käufer an Land zu ziehen und die A-, B- und C-Promi-Gesichter dazu waren meistens Fotoshop-Ergebnisse, von denen man oft nicht mal die Gesichter erkannte, deren Besitzerin man aber eigentlich namentlich kannte...

Auch in der HÖR ZU muss ich erstmal siebenundzwanzig Seiten umblättern, bis ich zum Fernsehprogramm komme.
Dafür habe ich dann aber wenigsten zwölf Seiten pro Tag!
Die ersten zwei Seiten geben einen sogenannten Schnell-Überblick über sehenswerte Serien, Sport, Report & Info, Spielfilme, Show & Co. und Kultur.
Dann kommen die Seiten für 51 TV-Programme plus vier aus Nachbarländern, die ich hier in Berlin per Kabel nicht empfangen kann und eine Kurzvorschau über Sky-Filme und Sky-Sport.
Die Reihenfolge und der zur Verfügung stehende Platz pro Programm richten sich wohl nach der Bedeutung und nach der Quote.
Am meisten Platz bekommen ARD, ZDF, RTL und SAT.1 – jeweils zwei Spalten. Dann kommen drei Programme pro Seite mit je einer schmaleren Spalte, dann zweimal vier Programme pro Seite und die ersten Programme werden schon oben und unten auf eine Spalte verteilt. Die letzten zwei Seiten zeigen zehn resp. siebzehn Programme

pro Seite, die dann schon eng gedrückt über und untereinander etwas Platz zur Verfügung haben.
Gut, die Verkaufssender spielen da mehr oder weniger ein Fußnote. Da versucht man dann auch mit einem einzigen Begriff das Thema einer Stunde anzukünden...das ganze Programm hat ja auch gerade mal 6 x 4 Zentimeter für einen ganzen Tag zur Verfügung.

Je mehr Platz für einen TV-Beitrag zur Verfügung steht, desto mehr Informationen werden auch dazu geschrieben. Ich weiß ja nicht, ob die von einer Person geschrieben werden, aber die Kommentare hier in der HÖR ZU sind manchmal schön ironisch – genau auf meiner Wellenlänge!
Gerade heute finde ich wieder ein typisches Beispiel dafür beim Kommentar zu einem TV-Drama, das einen wahren Fall von der Entführung eines Kindes als Film umgesetzt hatte: *„Ein Schicksal, das niemanden kalt lässt... Der Film von Herrn Soundso schon!"*
Wunderbar!
Das macht u.a. die Programmseiten der HÖR ZU für mich lesbar! Vielleicht auch nur, weil der/die Kommentator/in zufällig den gleichen Geschmack hat wie ich.
Für die Inhalte der Senderprogramme kann die TV-Zeitung natürlich nichts!